AF499742

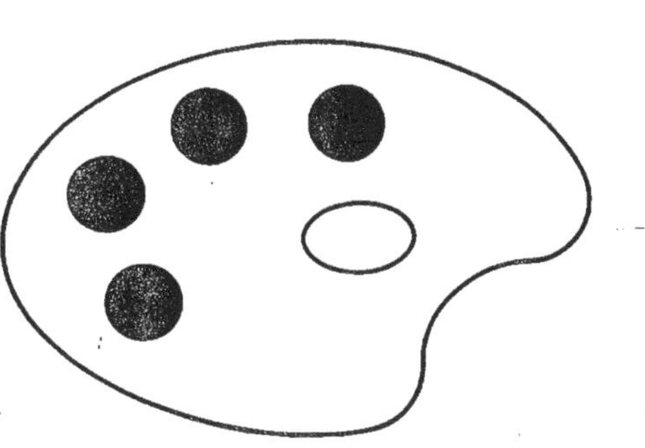

Ma Bibliothèque!

NOS PETITS ROIS

PAR

Mᵉ DE BOSGUÉRARD

NOS
PETITS ROIS

COULOMMIERS. — IMPRIMERIE P. BRODARD ET GALLOIS

Rougeron, Vignerot sc.

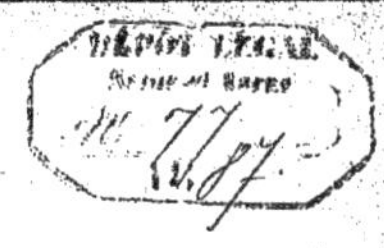

NOS
PETITS ROIS

PAR

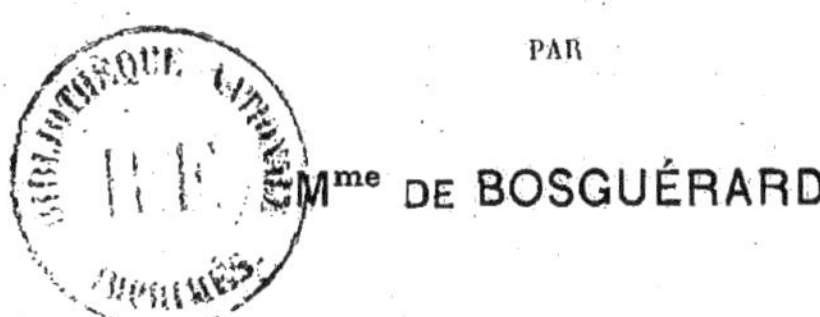

Mme DE BOSGUÉRARD

Illustrations de M. MIGNARD

PARIS

NOUVELLE LIBRAIRIE DE LA JEUNESSE

40, Rue des Saints-Pères, 40

NOS PETITS ROIS

AVANT-PROPOS

LA MAMAN

La maman est là, assise dans son grand fauteuil, près de la fenêtre ouverte.

Quel beau soleil il fait! Il est impossible aux enfants de le fixer en clignant un peu les paupières, on dirait des rayons d'or qui s'échappent du Ciel.

Mais voici qu'un papillon est entré dans la chambre et qu'il frappe ses ailes contre la vitre; la mignonne Gilberte traîne avec de grands efforts un tabouret; puis elle met un petit pied sur le bord et s'élève toute fière, se retournant pour dire à son frère Philippe qu'elle est beaucoup plus grande que lui. Mais quand Gilberte est à terre, il n'en est pas ainsi, ce qui n'est point étonnant du reste, puisqu'elle n'a que cinq ans et que Philippe en a sept. Cependant

Philippe n'aime pas à s'entendre dire qu'il n'est qu'un petit homme à côté de Gilberte ; il devient tout rouge de colère et cherche à grimper aussi sur le tabouret où se trouve sa petite sœur.

Celle-ci s'efforce de l'en empêcher; elle étend ses deux bras pour repousser le nouveau soldat qui veut monter à l'assaut, mais Philippe est brave, il n'a jamais peur lui, surtout il ne recule jamais. Est-ce que ce sont toutes les façons de Gilberte qui peuvent l'intimider? allons donc! Elle qui est si mignonne, et qui ne pèse pas plus qu'une plume, son père l'a dit!

Ce ne sont pas non plus ces petits poings fermés qui vont l'effrayer, il monte donc, le courageux garçon, et sa tête brune dépasse à présent la petite tête blonde et bouclée de sa sœur.

« Voilà!... s'écrie le triomphateur, je suis bien plus grand que toi, Gilberte! c'est bien fait!.... »

Mais le tabouret, sous ce double poids qui n'est pourtant pas bien lourd, penche soudain du côté où sont placés les enfants et..... patatras..... heureusement que la maman est là pour recevoir la mignonne Gilberte sur ses genoux! Quant à l'orgueilleux Philippe, il roule à terre et se relève tout honteux, parce que sa sœur rit aux éclats.

La maman, qui assistait à toute cette scène, souriante,

attentive, prête à porter secours au besoin, la maman tend une main généreuse au pauvre vaincu.

« A quoi sert-il de vouloir se grandir? lui dit-elle de sa douce voix; les grandeurs apparentes finissent toujours par une chute, vois-tu! »

Et le papillon, cause première de cette élévation suivie d'une catastrophe, le joli papillon aux ailes couleur de feu, était sorti du coin où il était prisonnier, derrière le rideau; il volait à présent dans l'espace illuminé par le soleil; ses ailes étaient étincelantes, et les deux enfants le suivaient du regard dans sa course vagabonde.

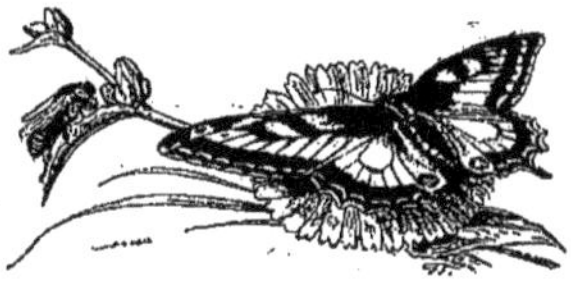

« Maman! s'écrie Philippe, voici le papillon sur une rose..... là dans le jardin.... ah! si tu me laissais descendre, j'arriverais bien doucement derrière lui et..... crac, je le saisirais par ses deux ailes, je le tiendrais! quel bonheur ce serait!....

— Et qu'en ferais-tu, voyons, mon gros garçon?.... lui demande sa maman.

— Oh! ce que j'en ferais!.... je ne sais pas trop....., répond le petit homme un peu embarrassé; je me contenterais de le regarder tout à mon aise, je le verrais bien mieux!.... tiens!.... il s'est envolé maintenant..... oh! le voilà sur les fleurs bleues de maman!... il va les manger!..., oh! le vilain!.... »

Philippe frappe fortement dans ses mains et fait beaucoup de tapage avec ses pieds pour faire peur au papillon ; mais le charmant insecte ne semble point entendre le bruit qui vient de la chambre, et il reste sur les fleurs bleues de la maman.

Quant à Gilberte, la jolie blondine, assise sur les genoux de sa mère, le cou tendu en avant, silencieuse depuis un moment, elle regarde attentivement le petit être ailé, qui lui paraît tout étincelant depuis qu'il est dans le jardin.

La maman lui dit en souriant :

« Ne crains rien, Philippe, ce léger papillon ne pèse guère sur mes fleurs bleues, il ne leur fait pas grand mal non plus; tu sais qu'il prend avec sa petite trompe le suc qui se trouve dans le calice des plantes, afin de s'en nourrir; il va de l'une à l'autre récolter sa provision, comme la gentille abeille que tu regardais l'autre jour. Mais la vie du papillon est de si peu de durée que ce serait cruel de vouloir le retenir prisonnier; si tu le tenais entre tes doigts, tu t'apercevrais bien vite que ses ailes ne sont plus éclatantes et qu'elles laissent tomber une petite poussière bien fine; alors le pauvre papillon ne pourrait plus voler, ayant perdu cette poussière qui faisait son éclat et sa force; il battrait tristement ses ailes sans pouvoir s'élever dans les airs.....

n'est-ce pas plus joli de le suivre du regard dans son vol capricieux?.... qu'en penses-tu, ma mignonne?.... »

La petite Gilberte, à qui ces derniers mots étaient adressés, parut sortir de sa muette contemplation, et ses beaux yeux bleus un peu mélancoliques se tournèrent du côté de sa mère. « Je voudrais être papillon, dit-elle; au moins je pourrais courir plus vite!.... des ailes, cela vaut mieux que des pieds.... et puis j'irais tout près du soleil et je me poserais sur les nuages!.... »

La maman embrassa tendrement sa petite fille et lui dit :

« Tu aurais tort, ma chérie, de ne pas être contente de ton sort; tu es au contraire bien plus heureuse que ce petit papillon : d'abord, ta vie n'est pas un frêle souffle comme la sienne, et tu as une maman pour veiller sur toi. Et puis, sais-tu qu'avant d'être un insecte ce joli papillon a d'abord été une petite chenille comme tu en as vu quelquefois rampant sur mes fleurs; après s'être nourrie quelque temps, la peau de la chenille s'est durcie, ses pattes se sont resserrées; une enveloppe terne l'a emmaillotée étroitement ; c'était une chrysalide comme celle que tu as découverte un jour collée derrière une feuille, et que tu trouvais dure et pleine comme un caillou. Un peu plus tard, cette enveloppe s'est entr'ouverte, comme la porte d'une prison, et il en est sorti ce brillant papillon, qui s'est mis aussitôt à jouir de sa liberté comme tu vois. Mais bientôt ce petit être déposera des œufs mignons qui resteront collés aux feuilles; de ces œufs naîtront d'autres chenilles, et ainsi de suite; voici l'histoire du papillon, sa vie sera finie, il n'aura désormais plus rien à faire..... »

Gilberte avait écouté, Philippe aussi. Tout en écoutant, leurs yeux restaient fixés sur le papillon, qui avait quitté les fleurs bleues pour se poser sur d'autres. A présent, il s'élevait plus haut dans les airs, comme s'il voulait regarder de près le soleil ou sauter sur les nuages.

Tout à coup, les enfants s'écrièrent :

« Maman!.... Maman! cet oiseau qui court après le papillon!.... il va le dévorer!.... oh!.... oh!.... il l'a emporté dans son bec!.... pauvre petit papillon!..... » Gilberte avait les larmes dans les yeux et Philippe frappait du pied avec fureur en disant : « Vilain oiseau!.... si j'avais un fusil!.... »

« Consolez-vous, mes enfants, dit la maman en embrassant Gilberte, et toi, petit batailleur, comment, tu voudrais avoir un fusil pour tuer ce pauvre oiseau! cela ne rendrait pas la vie au papillon, et tu aurais détruit une maman peut-être, ou un papa qui a son nid par là, dans le grand mur, sous le lierre; et que deviendraient les petits s'ils n'avaient plus leurs parents? Allons, savez-vous ce que j'ai acheté hier au soir pour vous et vos petits cousins qui viennent les jeudis?.... » La maman allongea la main vers la table et prit un beau livre relié en rouge et tout doré.

Elle l'ouvrit et montra sur la première page le titre en grosses lettres, que la petite Gilberte sut très bien épeler : « Nos petits Rois ».

« Qu'est-ce que c'est, maman : nos petits Rois?....

— Nos petits Rois, c'est vous, mes chéris, répondit la mère en riant; et ce livre est rempli de belles images et de récits amusants; quand vous aurez été sages, je vous expliquerai l'image et je vous lirai l'histoire.

« Le jeudi, Pierre, Marie, Jeanne, Thérèse et Albert viennent jouer avec vous; mais quand vous avez couru dans le jardin et que vous avez si chaud, que votre papa vous ordonne de rester tranquilles sous le bosquet avant le goûter, vous êtes assis sans rien faire autour de la table, vous vous ennuyez; alors, moi, j'apporterai ce livre, je vous ferai voir les images; et puis, je commencerai la lecture. »

Gilberte et Philippe auraient bien voulu qu'on puisse commencer de suite.

« Viens voir, ma bonne, le beau livre que maman a acheté pour nous! » s'écria Philippe en courant dans la chambre.

Il avait oublié le papillon.

Gilberte en parla encore au dîner, elle raconta à son père l'histoire que sa mère lui avait dite dans la journée.

« Tu racontes très bien, ma mignonne, lui dit son père en l'enlevant dans ses bras, il faudra que tu me racontes toutes les histoires du beau livre que ta maman vous a acheté. »

Philippe voulut que son père le mette sur l'autre épaule, à côté de sa petite sœur.

Et tandis que les deux enfants heureux étaient promenés en triomphateurs, la maman dit à Philippe : « Voilà un petit homme qui paraît bien aimer les grandeurs; as-tu oublié la chute de tantôt?.... Si ton père ne te tenait pas bien, tu tomberais encore, petit intrépide!.... »

Elle riait pourtant, la maman tendre et bonne comme toutes les mamans. Qu'il fait bon d'avoir une maman, mes petits amis!

Le jeudi suivant, grand tapage à la maison et nombreuses courses au jardin. Pierre, Marie, Jeanne, Thérèse et

La maman de Philippe commença ainsi :...

Albert étaient venus comme d'habitude voir leur cousin Philippe et leur cousine Gilberte.

Ils se pressèrent bientôt autour de la table ronde, sous le bosquet au vert feuillage; le livre rouge était ouvert à la première page.

La maman de Philippe commença ainsi :

UN BRAVE PETIT HOMME

UN BRAVE PETIT HOMME

UN BRAVE PETIT HOMME

AUTREFOIS, dans une grande et belle forêt qui s'étendait du côté de l'Allemagne, il y avait une pauvre petite cabane.

Cette cabane n'avait pas été construite avec des pierres et du ciment, comme la plupart des maisons de ville; non, son maître et possesseur, un pauvre bûcheron, l'avait faite tout entière de ses mains, avec des lianes sauvages entrelacées, des feuilles sèches pour boucher les trous, et de la terre glaise pour consolider ce fragile édifice : c'était un vrai nid d'oiseau.

Mais, pour faire la toiture, le bûcheron avait ramassé la paille qui vient du blé après les moissons, lorsqu'on l'a bien battu dans l'*aire* pour en extraire les grains.

Avec cette paille fortement liée en plusieurs bottes, non pas rondes mais bien aplaties et assez larges l'une et l'autre, il avait formé un toit assez solide, parce qu'il avait ensuite apporté de grosses pierres pour le retenir contre le vent et le défendre des rafales de pluie.

Considérant ensuite son œuvre, il avait eu l'idée de la rendre plus gracieuse en apportant de jeunes plants de lierre et des pampres rougis; du chèvrefeuille et des touffes de jasmin; la clématite et la glycine odorante; un jeune saule enfin, qu'il adossa contre sa maisonnette, afin que son vert feuillage, au printemps, pût retomber avec grâce et lui donner une ombre bienfaisante. Aussi, il n'y avait rien de plus joli à voir que cette petite cabane toute tapissée de verdure et de fleurs.

Le bûcheron, trouvant son nid assez coquet, se croisa les bras pour regarder.

Une source cachée sous le gazon murmurait en cet endroit; un filet d'eau se glissait discrètement entre les épines et les ronces, et venait en s'élargissant couler devant la cabane.

La femme du bûcheron lavait son linge dans ce ruisseau. Puis elle allait l'étendre sur les branches du saule pour que les rayons du soleil viennent le sécher.

Alors, on voyait sortir de la petite cabane un gros garçon de sept ans, bien rose, avec une belle tête brune frisée, et une mignonne petite fille, pâle comme la pervenche des bois et blonde comme les blés mûrs.

Le bûcheron souriait en regardant la jeune mère étendre son linge sur les branches, et ses jolis enfants assis au bord du ruisseau, les pieds dans l'eau, gazouillant et chantant comme deux oiseaux, et il se trouvait plus heureux qu'un roi ce brave bûcheron; il n'aurait certainement pas voulu changer son sort contre le sort d'un des brillants seigneurs qu'il voyait quelquefois passer dans une riche cavalcade, sur des coursiers fiers et fringants. Or voilà qu'un beau matin de mai, lorsque la forêt est si belle et si parfumée, que les petits enfants aiment à s'y promener, cherchant des fraises et des fleurettes dans les sentiers, le gros garçon, qui s'appelait Yves, prit la main de sa petite sœur, qui se nommait Ida, et lui dit :

« Viens avec moi dans la forêt; le père est parti depuis le lever du jour; je l'ai entendu dire à la mère : « Je vais « abattre un des grands chênes de là-bas..... » et je sais bien où, car il me l'a montré un jour et il l'a marqué avec sa serpette devant moi; viens, petite sœur, il fait si bon courir sur la mousse; je choisirai les chemins où il n'y a pas d'épines, et j'écarterai bien les branches sur ton passage;

viens, je sais où il y a un nid de rossignols, et j'irai te le chercher. »

Ida lui répondit timidement : « Non, non, n'allons pas si loin de la maison, car j'aurais peur sans notre mère ; tu sais qu'on dit qu'il y a des loups dans la forêt....., tu ne te souviens pas du soir où le père en a tué un qui rôdait autour de la maison..... Yves, restons au bord du ruisseau, à côté de notre mère, qui tourne le fuseau en chantant sa jolie petite chanson ; du reste, elle nous a dit de ne pas nous éloigner : ce serait désobéir..... »

Yves était très obstiné, il reprit encore :

« Que pourrais-tu donc craindre avec moi, petite sœur?.... Voyons, ne suis-je pas grand et fort?..... le père me compare au jeune peuplier qu'il a planté le jour de ma naissance, et il dit que je suis devenu plus vigoureux que lui..... Tu sais bien que je puis te porter sur mon dos quand tu es fatiguée, et que je grimpe très bien aux arbres..... de quoi as-tu peur? des loups?.... il n'y en a plus!

« Et s'il y en avait, je saurais bien te défendre, va !.... et puis, à quoi bon trembler comme la feuille de notre saule?

Tiens!.... regarde, voilà le soleil juste au-dessus de notre tête, il n'est pas encore midi; quand il aura atteint ce côté-là, nous serons déjà près du père, qui sera content de nous voir et qui reviendra vite avec nous. Viens, la mère ne s'en apercevra pas; tu vois la fumée qui s'élève, c'est qu'elle s'occupe de notre repas; elle nous croira derrière la maison, elle ne sera pas inquiète..... allons, viens, petite Ida!... si tu savais que c'est joli un petit rossignol!.... »

La timide et blonde Ida se laisse fléchir par son frère, qui lui inspire du reste une grande confiance. Quand elle se mesure à côté de lui, elle se trouve vraiment si petite, et elle reconnaît qu'il est si fort, que cela donne de l'orgueil à Yves; heureusement que le brave petit Yves a aussi un bon cœur, et qu'il se ferait bien tuer pour défendre sa petite sœur.

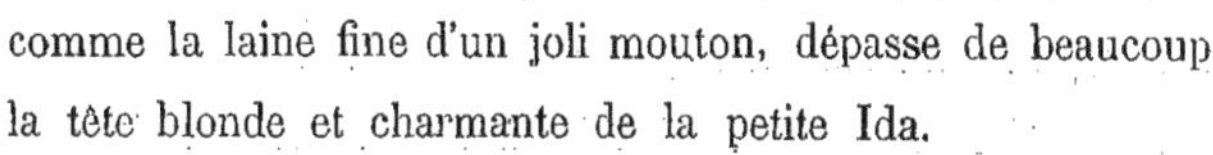

Donc, les voilà partis!....

Tous les deux se tiennent par la main; la tête brune, bouclée comme la laine fine d'un joli mouton, dépasse de beaucoup la tête blonde et charmante de la petite Ida.

Ils suivent d'abord le grand chemin couvert de mousse;

puis ils prennent un petit sentier, une traverse où l'on aperçoit déjà çà et là quelques fraises à peine mûres, au milieu de leurs touffes vertes et de leurs coquettes fleurs blanches.

Ida s'assied un instant pour faire un bouquet de fleurs et de fraises; Yves grimpe sur un arbre, parce qu'il a vu voleter quelques oiseaux et qu'il s'imagine y trouver un nid, puis il engage sa petite sœur à se lever pour se remettre en route, ils prennent un autre sentier, puis un autre, et encore un autre.

A chaque pas, la mousse, fraîche comme une éponge humide de rosée, cède sous les petits pieds d'Ida, qui glisse quelques pas, tombe et se relève en souriant sans se plaindre.

Yves fredonne une petite chanson pour faire le brave et aussi pour cacher à sa petite sœur un commencement d'inquiétude au sujet du chemin qu'ils suivent; car il est bien forcé de s'avouer à lui-même qu'il ne sait pas du tout où il est.

Ida est tombée sur les racines d'un gros chêne, qui s'étendent comme des bras nerveux sur la terre; Ida pensait s'être fait mal cette fois, car elle pleure doucement et reste assise en tenant son petit pied dans sa main.

Alors Yves s'approche, cherche à la consoler, et l'engage à se relever pour monter encore; car voilà que le soleil a dépassé le point de la forêt qu'il indiquait au départ, ce qui annonce que midi est passé depuis longtemps.

Mais Ida, pleurant toujours, lui dit : « Je ne puis plus me lever, mon frère, je suis trop lasse. Vois, mon pied est tout rouge et gonflé, et quand je le prends dans ma main, il me fait très mal..... Oh! bien sûr nous sommes très loin de la maison! comment revenir?.... »

Yves ne veut pas lui avouer qu'ils sont perdus dans la forêt, car il pense que ce serait bien inutile d'affliger sa pauvre petite sœur, et de l'effrayer surtout. Il lève la tête, reste un instant silencieux, ses grands yeux ouverts, assurément il réfléchit; mais, comme Ida gémit tout doucement, et que cela lui fait beaucoup de peine, il s'assied un peu près d'elle, il essuie ses yeux, il l'embrasse, il frotte son petit pied comme il a vu sa mère le faire un jour à son père, qui s'était donné une entorse; puis il arrache une poignée d'herbes et la roule autour de la cheville d'Ida; la fraîcheur des herbes a calmé la douleur que la petite fille éprouvait.

A présent, elle sourit; ses larmes se sont séchées au bord de ses paupières comme les gouttes de rosée au calice des fleurs. « Allons-nous-en! » dit-elle, en se relevant; mais elle retombe aussitôt avec un petit cri; son pied foulé refuse de la porter, et elle secoue avec tristesse sa blonde tête, disant à son frère : « Je t'assure, Yves, que je ne puis plus marcher..... laisse-moi là, assise dans ce sentier, et va chercher notre père, qui me portera sur son dos pour retourner à la maison. »

Yves secoue aussi sa tête brune; c'est bien facile à dire : « Va chercher notre père, » mais où le trouver? Il ne fait point part de cette pensée-là à la petite Ida; il se contente de lui dire :

« Écoute, petite sœur, nous n'irons plus chercher le père dans la forêt, car c'est encore trop loin pour toi; nous allons retourner à la maison, il n'y a pas bien longtemps que nous marchons, ce n'est pas si loin !..... et je vais te porter sur mon dos..... monte !..... tiens, je me mets à genoux, ce te sera plus facile. » Ida ne se le fait pas dire deux fois, elle a déjà souvent été portée par son frère, qui a des épaules larges et robustes; mais il faut dire aussi que son frère ne la portait pas très longtemps; car, si mince, si mignonne qu'elle soit, c'est tout de même un poids pour le jeune garçon, qui n'a pas huit ans.

Il est vrai qu'Ida n'en a pas cinq et qu'elle est légère comme une plume.

Yves marche quelque temps dans le sentier, revenant sur le chemin qu'ils ont suivi tout à l'heure.

Là, il reconnaît la place où Ida a cueilli des fraises; il y a encore quelques fleurs semées sur le gazon; ici, il

C'est tout de même un poids pour le jeune garçon, qui n'a pas huit ans.

retrouve l'arbre où il a grimpé, la branche du bas s'est cassée et gît encore toute fraîche au pied.

Plus loin, voici une grosse pierre où Ida s'est assise, et voilà plusieurs petits chemins qui vont en zigzag dans la forêt..... mais lequel prendre?....

Yves dépose doucement sa petite sœur sur la grosse pierre que le soleil a réchauffée; il lui dit : « Je vais monter sur cet arbre, Ida, attends un peu, car je vais regarder de quel côté est notre maison. »

Ida est une douce petite fille; elle ne se plaint pas; elle n'a pas peur, elle voit son frère si brave, que pourrait-elle craindre?

Cependant Yves est monté sur l'arbre, aussi haut qu'il a pu; perché ainsi sur la branche flexible qui ploie un peu, il regarde autour de lui, aussi loin que sa vue peut s'étendre. Mais il n'aperçoit pas la petite cabane.

Yves ne se décourage point. Il fait cette réflexion : « La maison est trop petite pour qu'il me soit possible de l'apercevoir à distance, mais sans doute le repas n'est pas terminé, la mère le préparait au départ, si je voyais une fumée blanche..... justement! un nuage s'élève là-bas!.... c'est

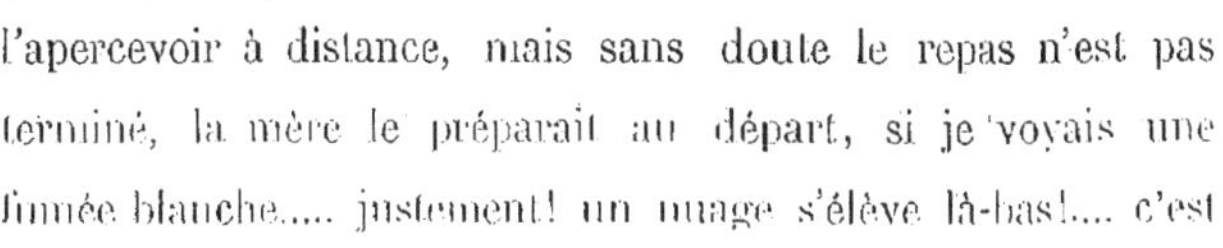

encore loin, mais, c'est égal!.... c'est bien sûr la fumée de notre maison! »

Et, tout joyeux, le jeune garçon se laisse glisser le long de l'arbre.

Il ne pense pas que la fumée épaisse qu'il a aperçue ne peut être causée par la cuisson du modeste repas préparé par sa mère.

Il ne pense pas que le soleil a déjà fait beaucoup de chemin depuis qu'ils sont partis; c'est-à-dire que l'heure du dîner est depuis longtemps passée : non, car les enfants ne peuvent faire tant de réflexions à la fois; ils ont tellement l'habitude d'être guidés par leurs parents, qu'ils sont tout déroutés lorsqu'ils veulent se gouverner eux-mêmes.

Yves est donc revenu près de sa petite sœur, qu'il a hissée gaiement sur son dos en lui disant : « Allons par ici, j'ai vu la fumée de notre maison, nous allons arriver! »

Ida frappe dans ses petites mains l'une contre l'autre. « J'ai faim! disait-elle, quel bonheur de retourner chez nous. »

Et Yves marche encore, il s'appuie sur une branche qu'il a cassée pour s'en faire un bâton : il ne veut pas dire qu'il est fatigué.

Il marche dans un sentier si étroit, que les branches viennent lui barrer le passage et qu'en les écartant elles frappent le visage de sa petite sœur, malgré toutes les précautions; il a beau retenir les branches flexibles qui lui déchirent les mains : au moment où il les laisse retomber, elles cinglent la figure des deux enfants.

« Nous ne sommes pas venus par ici! s'écrie la petite Ida, tu t'es trompé de chemin.

— C'est vrai, répond Yves, nous ne sommes pas venus par ce sentier-là, mais il conduit à la fumée que j'ai aperçue..... tiens!.... là-bas!.... »

Il montrait devant lui, à une certaine distance, une fumée noire qui s'élevait en spirales grisâtres et formait une épaisse vapeur âcre, qui avait une détestable odeur de brûlé. Alors, il comprit que ce n'était pas le chemin qui conduisait à leur jolie petite cabane.

A présent, on apercevait un gros tas de feuilles qui brûlaient; à côté, une misérable petite hutte en pierre qui servait de refuge à celui qu'aux alentours on appelait *l'homme des bois*.

L'homme des bois, on l'avait aperçu quelquefois rôdant autour des habitations, pour voler tout ce qu'il pouvait, car il était trop sauvage pour demander l'aumône, et il ne savait peut-être pas parler!

Les uns racontaient que l'homme des bois leur avait emporté une poule toute vivante, qui se débattait en criant.

Les autres disaient : « Il est venu par ici, et il a choisi un pain qui cuisait dans le four, sans crainte de se brûler, il l'a emporté! »

Le père d'Ida racontait ces choses à la mère, mais il haussait les épaules, et il disait à ses enfants : « Ce sont des contes! il n'y a pas d'homme des bois! je n'en ai jamais vu, moi qui connais toute la forêt et tous ses petits détours! il y a toujours comme ça des gens qui aiment à inventer des histoires, ça les amuse!.... »

Cependant, comment en douter, à présent que le brave petit Yves apercevait le dos courbé d'un grand homme qui alimentait un feu de branches coupées dans la forêt? Les branches pleines de sève répandaient une odeur âcre qui prenait à la gorge; cependant l'homme n'en paraissait point incommodé; il remuait son feu, et la flamme rouge qui en sortait, au milieu de cette fumée noire, donnait un singulier reflet à sa tête brune.

Il se retourne tout à coup du côté des enfants, les regardant avec surprise. Son regard n'avait rien d'effrayant; au contraire, il était plutôt triste, mais surtout étonné.

Pourtant, Ida, pensant à l'homme des bois, serra entre ses bras le cou de son frère, qui lui dit d'une voix ferme : « Ne tremble pas ainsi, petite sœur, je saurai bien te défendre, va!.....

— De qui donc veux-tu défendre ta petite sœur, mon brave petit homme? dit une voix douce et plaintive comme celle d'une jeune fille; j'espère que tu n'as pas peur de moi!

— Je n'ai jamais peur..... pas même de vous! répondit Yves.

— Tu dis : pas même de vous! comme si tu me comparais à une bête féroce...... voyons, approche-toi, petit, ne reste pas si loin, comme si tu craignais que je te dévore; viens te reposer près de ma hutte; mon pain va être cuit, je vous en donnerai, pauvres enfants perdus dans la forêt, et je vous aiderai ensuite à retrouver votre chemin. »

Yves hésite; il n'a pas peur pour lui, mais il sent sa petite sœur frissonner sur son dos; il veut être prudent pour elle, et il demande encore :

« Vous n'êtes pas l'homme des bois?

— Mais si, je suis l'homme des bois, puisque je vis tout seul dans la forêt, loin des habitations des hommes depuis bien longtemps, mes enfants..... le secret de mes douleurs ne vous regarde point..... allons, pourquoi ta petite sœur continue-t-elle à trembler ainsi? Rassure-la vite, mon brave petit homme..... l'homme des bois n'est pas méchant.

— Et vous volez les poules, les pains et les enfants, vous?.....

— Mais jamais de ma vie!.... » s'écrie en riant l'homme, qui avait une bonne figure, malgré la barbe qui la couvrait et les longs cheveux noirs qui retombaient en broussailles sur ses épaules un peu voûtées.

Yves le regarda à distance, avec fierté.

« Vous dites la vérité, homme des bois?....

— Je dis la vérité, mon brave petit homme. »

Yves regarda encore celui qui lui parlait. Il lui trouva sans doute un visage rassurant, car il s'approcha enfin de lui et, baisant les petites mains de sa sœur : « Allons, Ida, ne tremble plus, l'homme des bois n'est pas méchant, » lui dit-il en déposant la petite fille au pied de la pauvre hutte.

Ida sourit; l'assurance de son frère avait calmé son effroi.

Il était vraiment fatigué, le brave petit homme : la sœur collait ses boucles brunes sur son front et sur ses tempes, et il s'assit à côté de sa petite sœur, avec un soupir de soulagement.

L'homme les regardait avec tendresse. Il leur donna du pain qui était tout chaud encore et leur parut bien bon; il leur fit boire une eau fraîche qui sembla les reposer aussitôt, puis il les questionna, afin de savoir de quel côté ils demeuraient.

Dès que le brave petit homme eut dépeint leur cabane fleurie, l'homme des bois s'écria :

« Ce joli nid dans la forêt, je le connais bien! Souvent je l'ai regardé avec plaisir, comme on regarde une touffe de jolies fleurs, et je soupirais en pensant au bonheur que cette gentille cabane abritait. Mais aujourd'hui, enfants, à cause de vous, cette jolie cabane connait la douleur et les larmes; votre mère est sans doute en train d'appeler ses petits comme le pauvre oiseau qui a vu emporter les siens; et votre père, enfants, votre père court dans la forêt, fouillant, cherchant, appelant comme un désespéré..... Oh! vous êtes bien coupables!.... »

Yves baisse la tête un instant, tout honteux, puis il la relève aussitôt avec des pleurs à ses cils, et il s'écrie :

« Je suis seul coupable, moi!.... n'accusez pas Ida! c'est moi qui l'ai forcée à me suivre, je pensais que nous allions trouver mon père, pas bien loin de la maison.....

— C'est bon, mon brave petit homme, répond doucement l'homme des bois, tu ne veux pas laisser accuser ta sœur, et tu sais reconnaître tes torts, mais hâtons-nous; dans un instant le soleil sera couché; je veux vous reconduire à vos pauvres parents. »

L'homme des bois était grand et robuste, il voulut porter les deux enfants. Yves lui dit : « Portez ma petite sœur, qui a mal au pied; quant à moi, je saurai bien marcher à côté de vous; si je suis un peu las, tant pis, cela m'apprendra à ne plus m'égarer dans la forêt, hâtons-nous, je vais courir si vous voulez. »

Et ils partent tous trois.

L'homme des bois porte la petite Ida, qui n'a plus peur; elle passe ses mains dans l'épaisse chevelure qui l'avait si fort épouvantée.

Yves marche droit et ferme à côté de son guide; il ne se plaint pas de la fatigue et ne trébuche pas une seule fois. Comme les enfants avaient fait du chemin, sans s'en douter!

Lorsqu'ils arrivèrent en vue de la cabane fleurie, le soleil avait disparu dans le ciel.

Un nid d'oiseaux tout près de là laissait échapper des cris douloureux, car la mère, en comptant ses petits, s'était aperçue qu'il en manquait un. Et, dans la jolie cabane, le bûcheron, qui revenait de loin, de son travail ordinaire, cherchait à calmer sa femme en lui disant: « Je vais courir à leur recherche! — Nous voici! » cria une voix bien connue : c'était la voix d'Yves, qui accourait sur le seuil.

L'homme des bois apporta la petite Ida sur les genoux de sa mère.

Et tout fut oublié, les pleurs vite séchés comme après le soleil.

On combla de bénédictions l'homme des bois, le forçant à renoncer à sa vie solitaire.

Ida mêla ses douces prières à celles de son frère; enfin, l'homme au rude visage sentit des pleurs aussi mouiller ses paupières, et il s'écria : « J'accepte votre amitié! Je renonce à ma solitude! Ici, c'est vraiment un joli nid dans la forêt..... Que ce brave petit homme me dise à présent s'il a du regret de m'avoir rencontré!

— Oh! non, s'écria Yves en lui sautant au cou, car cela me fait dire comme le père : « Il ne faut pas ajouter foi « aux contes que l'on fait quelquefois..... »

La maman ferma le livre et regarda autour d'elle.

Tous les enfants avaient été très attentifs; Gilberte avait toujours une petite tendance à la mélancolie. Elle restait à contempler les nuages rapides, comme si sa pensée les suivait dans l'espace. Mais Philippe, un petit diable, s'écria :

« Alors, petite mère, si tous les contes ne sont pas vrais, il ne faut croire ni à *Barbe-Bleue,* ni au *Petit-Poucet,* eh bien, c'est dommage!

— Pourquoi est-ce dommage? demanda la maman en souriant.

— Parce que c'est amusant de croire qu'il existe un ogre qui mange les petits enfants; il me semble à moi que ce n'étaient que les enfants capons qui étaient dévorés! Si tous les enfants braves se levaient en masse pour attaquer l'ogre, ce serait drôle; moi j'en serais!.... »

La maman caressa la joue de Philippe en lui disant : « Petit batailleur, crois-tu donc pouvoir traverser le monde avec des bottes de sept lieues, en brisant tout sur ton passage?.... Que disent donc Albert et Pierre? ils chuchotent avec la petite Marie.

ALBERT

Ma tante, je dis comme Philippe, je voudrais que les contes soient vrais.

PIERRE

Moi, je dis que j'aurais peur tout de même si j'entendais parler les bêtes; mais je voudrais bien avoir une fée pour marraine.

GILBERTE

Oh! petite mère, une fée!.... vrai, une fée pour marraine, cela me plairait aussi!

MARIE

Moi aussi!

JEANNE

Ma tante, n'y a-t-il pas des contes de fées dans le livre?

LA MAMAN

Je vois à la page suivante, mes enfants, une petite fille endormie sur une table..... et je lis ce titre : *La fée des fleurs*...., c'est sans doute un conte.

«Il y avait, dans le temps des fées... »

GILBERTE

Quel bonheur!.... La fée des fleurs, c'est joli!.. Oh! lis-nous ce conte-là, petite mère.

THÉRÈSE, JEANNE et MARIE

Oh! oui, le conte!.... le conte!.....

PHILIPPE

Nous allons peut-être voir un ogre dans ce conte-là.

PIERRE

Et des voleurs, comme dans Ali-Baba.

LA MAMAN

Ce n'est pas très long ; allons je veux bien lire ce conte avant le goûter.

Et la maman commença :

LA FÉE DES FLEURS

LA FÉE DES FLEURS

LA FÉE DES FLEURS

ON, Catherine, je ne veux pas encore me coucher..... il n'est pas bien tard! huit heures! et j'ai eu six ans aujourd'hui!.... vous pouvez bien me laisser veiller un peu.... Tenez, je serai bien sage assise là près de la fenêtre..., cela m'amuse de regarder le jardin..... il y a de belles roses en bas qui m'envoient une bonne odeur! Avez-vous vu le gros bouquet que mon petit père m'a donné, Catherine? »

Et, tout en disant ces mots, la gentille petite Henriette se pendait au cou de sa bonne.

La pauvre petite n'avait pas de mère, et son père était si occupé tout le jour qu'il la laissait entièrement sous la direction de Catherine.

Heureusement que Catherine était une bonne grosse paysanne bien simple, bien naïve, bien dévouée à sa jeune maîtresse; mais, par exemple, elle n'avait pas l'ombre de bon sens; elle n'avait pas non plus assez de fermeté avec la gentille Henriette, c'est-à-dire qu'elle ne savait rien lui refuser; et puis, elle lui disait souvent, pour l'amuser, une foule de contes plus absurdes les uns que les autres, et qui n'avaient en réalité que le triste résultat de fausser une jeune imagination déjà trop portée à la rêverie.

Donc ce soir du 20 juin, qui était l'anniversaire de la charmante petite Henriette, Catherine imagina, puisque la petite ne voulait pas aller se coucher, de lui raconter un conte à dormir debout, comme vous allez en juger vous-même.

Il y avait, dans le temps des fées, une jolie fleur bleue que le hasard avait fait naître dans la campagne; c'est-à-dire que le vent avait apporté une graine dans une bonne terre, et qu'il en était sortie une jolie plante bleu ciel au cœur d'or.

La rose, qui est la reine des fleurs, en était jalouse et lui disait tout le temps mille sottises dans le genre de celles-ci : « Pourquoi es-tu venue dans l'air que je respire ? Tu tiens de la place ici ! Tu me gênes, vilaine plante !.... oh ! s'il pouvait y avoir un grand vent pour te détruire !.... »

Tout à coup, un grand vent s'éleva qui effeuilla la rose; mais la modeste plante se balança doucement sur sa tige et ne se brisa point.

Alors on vit arriver sur un nuage du ciel un char de feu qui ressemblait à un éclair, tellement il passait vite, suivi de l'éclat du tonnerre ; et une voix retentissante s'éleva : « Je suis la reine de la foudre !.... c'est moi qui brise les orgueilleux..... honte à la méchante rose !.... Viens ici, petite fleur bleue ! Je te proclame la fée des fleurs et je veux que tu parcoures le monde sur un char de roses, traîné par des hirondelles..... Obéis ! lève la tête, et prépare-toi à faire ton tour du monde. Tu accorderas, selon ta fantaisie, à chacun ce qu'il désirera, et tu viendras me rendre compte du bien et du mal que tu auras causé..... »

La petite fleur bleue ainsi interpellée releva sa frêle tige, ses corolles délicates s'entr'ouvrirent pour respirer la brise du soir, et un léger murmure qui passait entre ses feuilles avait l'air de ressembler à ces paroles : « J'obéirai! J'obéirai! » Alors, on vit un beau char s'approcher, il était entièrement fait de feuilles de roses; une mignonne coquille nacrée servait de siège, et deux hirondelles attelées par des rubans roses entraînaient le char dans les airs. La modeste fleur bleue vint s'asseoir dans la coquille nacrée, et le char disparut avec les nuages.

Dans un beau jardin rempli de fleurs, une petite fille se promenait tristement. Nul ne savait ce qu'elle pensait, cette jolie petite fille, mais la fée des fleurs, qui sait tout et qui la regardait en ce moment du haut de son char rose, lisait dans son cœur, absolument comme dans un livre ; voilà ce que pensait la petite fille :

« Que je suis malheureuse d'être pauvre!... on me reçoit ici par charité!... je regarde les enfants riches de la maison jouer entre eux, ils s'amusent quelquefois avec moi, mais ils sont toujours les maîtres, ils me font sentir que je suis une pauvre petite abandonnée ! je suis leur jouet ! l'esclave de leurs désirs!... je me promène dans leur jardin, mais il ne m'est même pas permis de cueillir ces fleurs..... Cela me plairait pourtant !... Ah! si c'était moi qui sois riche et eux, les méchants enfants, qui soient bien, bien pauvres! »

La fée des fleurs alors s'écria :

« Que ton vœu soit exaucé! »

Et soudain la petite fille, qui avait une triste mine, redressa fièrement sa tête; sa robe était de pourpre, et une ceinture dorée entourait sa taille frêle et gracieuse, ses yeux étaient étincelants de bonheur, sans douceur, sans pitié; sa bouche avait l'air cruel et laissait échapper un rire moqueur; enfin tout ce qui était auparavant mélancolie et tristesse dans cette enfant était remplacé par un air d'orgueil et surtout de mépris.

Elle commença par arracher toutes les fleurs du jardin et, quand elle fut lasse de les effeuiller, elle les jeta à terre, les foulant aux pieds et les laissant joncher le sol de leurs débris, au lieu d'y fleurir si gaiement.

Puis elle appela d'une voix sèche et irritée les deux enfants dont le sort avait malheureusement changé pour eux; elle les obligea à ramasser les fleurs, à ratisser les allées, à bêcher la terre, à semer d'autres graines et à planter quelques jeunes pieds de chèvrefeuille, afin d'avoir encore le plaisir de les détruire; elle battait ces pauvres enfants; et, quand ils étaient agenouillés sur le gazon, occupés de leur dure besogne, elle marchait sur leur dos et s'amusait de leurs pleurs. « Dieu!.... la méchante fille!.... » s'écria la fée des fleurs, qui s'enfuit un peu plus loin.

Elle arriva ainsi sur le faîte d'une haute montagne; en bas, dans la vallée étroite, il y avait une petite maison, un peu isolée des autres, et comme on pleurait dans cette petite maison, la fée des fleurs, qui avait le cœur tendre, prêta l'oreille, afin d'écouter le sujet de ces cris douloureux.

Elle distingua alors la voix d'une mère qui gémissait parce que sa fille était morte; la fée des fleurs descendit jusqu'à la fenêtre pour regarder dans la pauvre maison, et elle vit une jeune fille tout habillée de blanc, étendue sur son lit, couronnée de fleurs ; sa mère sanglotait à côté d'elle.

Au moment où la fée des fleurs allait prononcer un vœu, une voix plus forte que la sienne lui cria : « Arrête, arrête, fée imprudente !.... tu vas rendre la vie à cette jeune fille qui est morte dans son innocence, parce que nous avons voulu qu'elle s'en aille sous la forme d'un ange dans le séjour des bienheureux..... si elle avait vécu, elle serait devenue méchante, son âme se serait perdue ! veux-tu donc lui rendre la vie ?

— Oui..... oui !.... lève-toi, jeune fille, et console ta mère !.... » s'écria étourdiment la fée des fleurs, qui ne pouvait laisser ainsi cette pauvre mère si désespérée devant le corps de son enfant. Alors la jeune fille se leva, et sa mère fut transportée de joie ; la cabane retentit de cris joyeux, et tous les voisins accoururent pour se réjouir avec la mère.

Mais la fée des fleurs, qui lisait dans l'avenir comme dans le passé, vit se dérouler un si noir tableau, représentant la jeune fille méchante, cruelle, orgueilleuse, colère, que..... elle fut obligée de se voiler la face de ses feuilles, la pauvre fée des fleurs..... et elle s'en alla plus loin.....

Des rumeurs étranges s'élevaient du sein de la terre; le char de la fée s'arrêta au-dessus d'une ville immense, et elle vit une foule houleuse se presser en tumulte aux portes d'un palais.

Des cris retentissaient du milieu de cette foule: « A bas le Roi!.... » Un homme au visage pâle et noble se présenta sur le balcon, faisant signe à cette populace qu'il voulait parler; mais les cris couvraient sa voix comme l'ouragan déchaîné en furie qui traverse les mers; des pierres même étaient lancées sur le roi, et des mains menaçantes se dressaient autour de lui.

« Vite!.... s'écria la fée des fleurs, que la paix règne dans ce lieu! » et la voix du peuple se calma comme celle de la tempête qui cesse tout à coup; le monarque, resté sur le balcon, fut salué avec enthousiasme, et les mains, au lieu de le maudire, s'agitaient en secouant les chapeaux pour l'acclamer avec joie.

« Comme il faut peu de chose pour changer la face des événements!... » murmura la gentille fée, toute joyeuse de ce revirement; mais a-t-elle ratifié son vœu, ou bien sa fuite emporte-t-elle avec son char sa douce influence?

Une fumée épaisse s'élève au-dessus de la ville immense, le feu dévore l'espace; les toitures des maisons s'effondrent; les palais s'écroulent, et la flamme tord et ronge le fer qu'elle ne peut détruire.

La fée des fleurs revient sur ce lieu de désastre, elle s'efforce d'arrêter la fureur de tous les éléments déchaînés; le vent rugit et attise le feu, et l'air s'est empli d'une âcre odeur de sang et de fumée.

C'est la guerre à présent, la guerre terrible qui pousse l'homme contre son semblable, comme le lion à qui l'on arrache ses petits se prépare à déchirer son ennemi!...

Mais comme le char de la douce fée est resté suspendu dans l'espace, peu à peu les cris de guerre s'éteignent, le canon ne retentit plus, le silence de la mort s'étend sur ce noble champ rosé, où toute trace de cité a disparu. Alors, pour que la discorde ne renaisse plus jamais dans cet endroit, la fée des fleurs dit : « Ici je choisis mon empire; que des parterres surgissent autour de moi; qu'il n'y ait plus jamais des hommes sur cette terre, rien que des arbres et des plantes..... voici le royaume des fleurs..... »

Aussitôt, du sein de ce champ de bataille, la liane et le chèvrefeuille se croisèrent en berceau, le lierre grimpa autour du chêne robuste, et la glycine s'enroula au saule pleureur; partout une plante s'éleva; de tous côtés, les fleurs et les arbustes sortirent du sol. Mais ces fleurs-là, ces arbustes, ces chênes et ces saules pleureurs, nés dans le sang, avaient pris l'âme d'un des héros, d'un de ces milliers d'hommes couchés auparavant en cet endroit.

Et quand la fée des fleurs se promenait dans son royaume, elle entendait des murmures plaintifs retentir, des regrets éternels et douloureux : « Avoir été un homme! et n'être plus qu'une pauvre fleur!.... — Quoi!.... s'écriait la fée avec colère, vous regrettez de ne plus être des hommes! et quand vous étiez des hommes, vous ne songiez qu'à vous égorger et à vous déchirer les uns les autres..... apprenez à jouir en paix du sort que j'ai voulu vous donner. Étendez vos racines sous la terre, croissez et multipliez à l'infini, ô mes fleurs! et voyez quel bien je vous ai fait!.... »

Ainsi parlait la fée des fleurs, lorsque la Reine de la foudre lui dit : « Tu as débuté assez tristement dans ta vie de fée, si nouvelle; tu avais peu d'expérience ; une première fois, tu accordais la fortune à une enfant qui ne savait pas s'en servir avec miséricorde; une seconde fois, tu rendais la vie à une fille qui aurait pu être un ange et qui devient malheureuse..... aujourd'hui, tu te crées un royaume sur un champ de mort, tu te plais à éterniser les plaintes de ces hommes condamnés à se souvenir et à ramper sous terre, fleurir, mais cela ne peut convenir qu'aux modestes ambitions...., voilà pourquoi toutes les fleurs ne sont pas simples, timides et charmantes..... »

Catherine allait continuer son conte, quand elle s'aperçut

que la gentille Henriette s'était endormie; alors, elle déshabilla doucement sa petite maîtresse et la porta dans son lit.

Mais il arriva une chose singulière : Henriette eut le cauchemar; elle rêva qu'elle voyait la fée des fleurs qui l'appelait avec un doux sourire, et elle se leva en proie à ce cauchemar extraordinaire. Elle marcha comme une somnambule à travers le salon; elle grimpa sur la table, croyant atteindre le beau royaume de la fée des fleurs. Sur cette table était posé le bouquet donné par son père le jour de sa naissance; elle le saisit, mais une épine la piqua cruellement, et la petite fille, qui allait pleurer, entendit la rose s'écrier : « Enfant, ne pleure pas! les roses de la fée sont toujours des épines, et c'est l'expérience seule qui sait les éviter. — Sois modeste comme moi, disait la violette. — Que le parfum de tes vertus charme tout le monde sur ton passage, disait le réséda. — Garde ta fleur d'innocence, murmurait la rose blanche des haies. — Imite ma constance, murmurait le liseron. — Babillons, murmurons, embaumons..., » disaient toutes les fleurs ensemble. Si bien que, bercée par cette musique enchanteresse, la jolie Henriette s'endormit sur la table.

La maman ferma ici le livre.

« Allons, voici l'heure du goûter; venez, mes enfants; jeudi seulement, nous reprendrons notre lecture. Je suis sûre que vous avez mille réflexions à vous communiquer sur ce joli conte, mais j'espère que vous saurez en tirer une déduction morale : « Il ne faut jamais agir étourdiment. »

« Si vous lisez un conte dans le genre de celui-ci, n'allez

pas lui accorder une foi aveugle; vous savez bien que les choses ne parlent point; que les bêtes n'ont pas non plus le don de pouvoir s'entretenir avec nous; mais quelquefois on choisit cette manière de vous présenter une leçon instructive pour vous charmer davantage, car vous êtes la plupart comme Gilberte, Marie et Thérèse, vous aimez ce qui est extraordinaire, vous êtes de petits extravagants..... »

Ainsi parlait la bonne mère, tout en distribuant à la ronde une poignée de cerises et une grosse part de galette; le bon goûter fit naître la gaieté chez les convives; ils parlaient tous à la fois. Le jeudi suivant, c'est avec un véritable empressement que les petits cousins et cousines de Philippe et de Gilberte accoururent.

Voici l'heure de la lecture.

Toutes les têtes sont levées attentives; tous les yeux fixés sur la maman, qui lit doucement :

LA PREMIERE COURONNE

LA PREMIÈRE COURONNE

LA PREMIÈRE COURONNE

PETITE Élise est bien joyeuse!

D'habitude elle dort à poings fermés, mais ce matin, à peine l'aube aux doux rayons a-t-elle traversé les rideaux bleus de la chambre, Élise a ouvert ses grands yeux encore un peu alourdis par le sommeil; elle a commencé à se les frotter bien fort pendant quelques secondes, puis, poussant un léger soupir, elle s'est assise sur son petit lit : « Maman!.... s'est-elle écriée, maman! c'est aujourd'hui la distribution des prix!.... »

Cela vous apprend, petits lecteurs, que la gentille Élise va déjà en pension; elle n'a pourtant que cinq ans!

Oui, Élise va en pension depuis quelques mois, et elle s'est si bien appliquée à faire tout ce qu'on lui disait, elle a mis tant de bonne volonté pour écrire de belles pages, que..... vraiment, elle a raison d'être joyeuse et d'espérer une récompense.

Aussi, elle n'a pas donné beaucoup de temps au sommeil; elle est impatiente de quitter son lit, de s'habiller, de partir. Sa maman lui dit qu'il est à peine sept heures, et c'est seulement pour dix heures.

Elle compte sur ses doigts et dit avec tristesse : « Trois heures à attendre! comme ce sera long!.... » C'est toujours ainsi que les événements nous paraissent se faire attendre quand on est impatient.

La petite Élise prie sa bonne de l'habiller tout de suite; sa tendre mère permet en souriant qu'on lui mette sa robe blanche et sa ceinture bleue; puis on défait les papillotes, et les jolis cheveux blonds retombent en boucles soyeuses sur les épaules de la petite fille.

Tout cela prend un peu de temps. Cependant Élise est prête longtemps encore avant l'heure du départ.

Elle se promène gravement dans la chambre, avec mille précautions pour ne point se chiffonner..... Ah!.... c'est qu'une belle toilette donne vraiment beaucoup d'embarras.

Heureusement que Mlle Nini, qui est très sage et très droite assise dans son petit fauteuil, attire l'attention de sa petite maman, qui se met en devoir de l'habiller aussi; elle lui met sa plus jolie robe de soie, son chapeau de bergère à plumes, ses souliers mordorés à boucles, ses mitaines de soie brodées.

Élise trouve que Mlle Nini a bien gagné à ce changement. Il est vrai que les cheveux ne sont plus très frisés, que les joues roses ne sont pas très propres : il aurait fallu commencer par la débarbouiller pour lui ôter ces vilaines taches d'encre.

Élise commence cette nouvelle occupation ; au même moment, sa mère entre dans la chambre avec son chapeau sur la tête : « Vite, ma mignonne! il est l'heure de partir.... »

Du coup, Mlle Nini est abandonnée.

Elle gît là, piteusement, sur un coin du canapé; sa petite jupe de soie relevée sur son jupon de tarlatane, un bras pendant en dehors, l'autre levé sur sa figure, comme pour cacher la joue salie à côté de la propre.

Élise est partie avec sa maman; la maison est silencieuse.

Entrons maintenant dans cette grande classe toute tapissée de guirlandes et de lauriers attachés contre les murs; des bancs échelonnés au-dessus les uns des autres, en gradins, sont remplis de jolies fillettes de tous les âges. Les grandes sont dans le fond, les petites devant.

Cherchons sur les petits bancs : il ne nous est pas difficile de reconnaître la charmante Élise si blonde aux yeux bleus rayonnants, dans sa robe blanche brodée. Il y a à côté d'elle de bien jolies petites filles aussi, mais nous ne nous en occupons pas.

En suivant la direction des regards d'Elise, nous apercevons une grande table toute chargée de beaux livres reliés en rouge, en bleu, en violet, noués avec des rubans verts. Puis, à terre, dans d'immenses corbeilles, des couronnes de lauriers et de roses blanches avec des feuilles d'argent, et des couronnes d'or.... Mon Dieu, que c'est beau!

Que tous ces enfants qui attendent là ont raison d'être heureux, car ces premières joies du cœur sont si vives, que le souvenir en subsiste toute la vie.

Nous sommes persuadés que la petite Élise se rappellera avec plaisir le beau jour de cette distribution de prix où elle a reçu sa première couronne. Elle reverra, malgré les années qui ont passé sur sa tête, cette gracieuse couronne de roses blanches à feuilles d'argent; et elle entendra encore la voix de sa chère maîtresse lui décerner « le prix de sagesse ». Avec quel bond joyeux la petite fille s'est levée, toute souriante, saluant timidement, et courbant sa tête pour recevoir la couronne! Et tout le temps que cette distribution a duré, Élise ne s'est pas ennuyée; elle restait dans la contemplation du joli livre rouge, qui étincelait de dorure et reposait mollement sur sa jupe blanche; elle tâtait parfois sa couronne, l'empêchant de glisser sur sa tête, la tirant un peu de temps en temps, afin qu'elle soit toujours droite.

Élise pose délicatement sa couronne sur la tête brune de la petite mendiante.

Puis, quand on est sorti de la grande salle où la chaleur avait animé tous les joyeux visages, on s'est attardé sur le seuil, disant un mot aux maîtresses et aux compagnes qu'on allait quitter pendant les vacances.

Mais voilà qu'au moment où Elise sort de la pension, donnant la main à sa maman, qui tient le chapeau et le beau livre rouge de la petite fille, voilà que le regard d'Élise est arrêté sur un triste sujet.

Une pauvre petite fille, de son âge à peu près, est assise en face, sur le bord du trottoir; ses vêtements sont usés et salis; son joli visage n'a pas été débarbouillé, ce qui ne l'empêche pas d'avoir quelque chose de doux et de ravissant; les beaux yeux de la petite fille sont tout brillants en regardant cette troupe d'enfants heureux et bien mis qui sortent avec des prix et des couronnes. Elle oublie de tendre sa petite main aux passants, elle regarde, la bouche entr'ouverte par l'admiration de ce qu'elle voit, et non pas l'envie encore, car elle est à cet âge heureux où l'innocence sourit à travers les larmes et la misère.

Élise a bon cœur; elle ne réfléchit pas une minute, elle s'élance au-devant de la petite mendiante, elle retire sans regret cette couronne de roses blanches aux feuilles d'argent qui lui a donné tant de joie et elle la pose délicatement sur la tête brune un peu ébouriffée de la petite mendiante.

Celle-ci paraît interdite. Ses yeux sont anxieux, et elle tâte aussi sur sa tête cette première couronne à laquelle elle s'attendait si peu. Alors la maman d'Elise, tout émue, arrive à son tour, et, pour achever la bonne action commencée par sa petite fille, elle interroge l'enfant et lui demande son nom et son adresse; elle apprend qu'elle a sa pauvre mère malade, et elle s'empresse d'aller lui porter des secours et quelques cadeaux utiles.

Mais tout l'honneur est resté à la charmante Élise, qui n'oubliera jamais sa première couronne.

UN PROTECTEUR NATUREL

UN PROTECTEUR NATUREL

ON remarquait, parmi la troupe d'émigrés qui suivait, un soir de novembre, le chemin qui descend des montagnes de la Savoie, afin d'aller prendre la route de Paris, des enfants de tous les âges, et surtout des petits de sept ans à peine. La plupart de ces pauvres gens quittaient leur pays l'hiver pour gagner quelques sous dans la grande ville, soit en faisant les commissions, soit en ramonant les cheminées. Et ils s'en reviennent dans leurs montagnes au moment des moissons, car on a alors besoin de leurs bras pour le travail des champs. Beaucoup de ces familles malheureuses sont dans l'impossibilité de nourrir leurs enfants, c'est ce qui oblige les pauvres mères à les envoyer au loin. Il ne faut donc pas croire que ces mères n'ont pas un cœur comme les autres; il faut penser au contraire au courage qu'elles ont pour se séparer de leurs chers petits.

Ce soir de novembre dont nous parlons, il était tombé beaucoup de neige qui s'était durcie sur le chemin; le vent de la montagne était vif et glacé depuis le matin; les arbres rabougris qui se dressaient le long de la route étaient couverts de givre, et les pauvres émigrés suivaient péniblement, en silence, absorbés en eux-mêmes par leurs propres pensées.

Le moment des adieux est toujours un douloureux moment. On ne se détache pas sans peine d'un père, d'une mère ou de grands-parents bien-aimés; et cette terre où l'on a vu le jour, ce petit coin de la pauvre maison où l'on avait l'habitude de vivre, laisse aussi son souvenir dans votre cœur.

Il y avait, dans cette troupe de gens marchant vers Paris, des contrastes frappants. Ici, un homme âgé, qui semblait les diriger tous, portait sur son visage la trace de la misère sans doute, mais surtout de l'indifférence à tous les maux; il avait déjà fait plus d'une fois le chemin!

Tout petit il avait quitté autrefois son village; il avait vécu au milieu des cités ouvrières, il s'y était peut-être endurci dans un laborieux travail; toujours est-il qu'il y avait gagné une forte dose de résignation et pas beaucoup de sous. C'était lui qui s'était chargé de veiller sur les enfants inexpérimentés, c'est-à-dire ceux qui faisaient le voyage pour la première fois.

Ils étaient au nombre de vingt, les pauvres petits ! Les plus âgés n'avaient pas treize ans, et les plus jeunes n'en avaient pas sept.

Derrière eux marchaient, appuyés l'un sur l'autre, un petit garçon de dix ans et une petite fille de six.

C'était la seule petite fille parmi tous ces enfants.

Voici leur triste histoire, à ces pauvres petits : ils avaient perdu, aux dernières moissons, le père et la mère qui les entouraient de tendres soins ; ils s'étaient trouvés seuls pendant quelques semaines, vivant de la charité des voisins, et comme André était un vaillant petit homme, voyant qu'il n'y avait rien à faire ni à gagner au village, il s'était décidé à partir avec sa petite sœur, à suivre la troupe qui marchait ordinairement sur la route de Paris.

Michel, le vieux conducteur des enfants, avait offert ses services à André, mais André savait que ceux qui acceptaient la protection de Michel étaient obligés de lui abandonner une partie de leurs petites économies, et le vaillant petit homme, secouant sa tête, avait répondu :

« Non, non ; je suis grand et fort, je saurai bien veiller sur ma petite sœur et me tirer d'affaire tout seul.

— A ton aise! avait dit rudement le vieux Michel; alors, il est entendu que je ne m'occupe nullement de vous deux?

— Vous me permettrez bien de vous suivre, au moins? avait timidement répliqué André.

— Oui, répondit Michel, mais nous ne vous attendrons jamais, je ne m'occuperai pas plus de vous deux que si vous n'existiez pas. »

Voilà pourquoi André et sa petite sœur Nicette suivaient à quelques pas la troupe conduite par Michel.

Nicette était une jolie petite brunette comme son frère, mais tout ce qu'il y avait de fermeté, de volonté et d'intelligence dans le regard d'André était remplacé, dans celui de Nicette, par l'expression d'une douce confiance et d'une mélancolie touchante. Suspendue à la main de son frère, elle était si petite qu'elle avait de la peine à suivre les voyageurs; mais André la portait quelquefois ; puis il l'encourageait en lui chantant à mi-voix les chansons du pays, ou bien en lui

C'était la seule petite fille, parmi tous ces enfants.

répétant les contes qui avaient bercé leur première enfance.

Cependant la fatigue des plus jeunes forçait souvent Michel à s'arrêter; on couchait derrière les maisons ou dans les granges, par charité, ou pour quelques sous dans une méchante auberge.

Mais, comme Michel avait la charge de ses compagnons et qu'il se dépêchait de les caser tous, il ne restait à André et à Nicette que les places dont on n'avait pas voulu; André, n'ayant pas d'argent, ne pouvait jamais rien payer.

Chaque petit voyageur emportait au moins dans le fond de sa poche quelque menue monnaie amassée à grand'-peine par les parents, et glissée dans la main des pauvres émigrés par la tendre mère, au pénible moment des adieux.

Mais André, naturellement, n'avait rien pu emporter.

On leur donnait bien de temps en temps un morceau de pain, par charité; André tendait la main pour sa petite sœur, et il était si éloquent quand il disait : « Nous sommes deux orphelins... nous allons à Paris pour travailler... donnez, s'il vous plaît, un morceau de pain à ma petite sœur, qui est plus faible que moi... » Qui donc aurait eu le cœur de repousser le pauvre enfant?

Quelquefois aussi on leur accordait une place dans l'étable toute chaude; Nicette se glissait dans la paille fraîche qui servait de litière aux animaux; elle dormait mieux là qu'au dehors sur la terre durcie; l'haleine des vaches paisibles la réchauffait, et quand elle s'éveillait le lendemain, toute rose et toute reposée, André était heureux de la voir si bien disposée à se remettre en route, cette chère petite sœur! Aussi, que ne faisait-il pas pour obtenir cette couchette si moelleuse. Il parlait de sa plus douce voix à la fermière :

« Madame, permettez à ma petite sœur, je vous en prie, de passer la nuit dans votre étable; voyez comme elle est petite, elle ne tiendra pas beaucoup de place ; je ne vous demande rien pour moi; je suis fort, je coucherai sous la grange, qui est suffisamment abritée pour moi, mais Nicette y aurait froid, car le vent souffle à travers toutes les planches, et la pluie y passe aussi. »

De cette façon, le voyage ne fut pas trop pénible pour la mignonne Nicette; ainsi protégée par son frère, elle avait toujours un déjeuner et un lit chaud. Il arriva plus d'une fois, sans doute, pendant ce long voyage, que les pauvres voyageurs ne trouvèrent ni maisons ni abris dans la campagne; la nuit les surprenait sur une route longue et froide, balayée par un vent piquant; alors Michel, qui en avait vu bien d'autres, s'écriait : « A la guerre comme à la guerre ! allons, qu'on se couche les uns à côté des autres, ça vous fera faire des économies. » Et les enfants prenaient gaiement leur parti, car les enfants ont ordinairement un caractère joyeux. Il n'y avait que le petit André qui gémissait pour sa petite sœur; il étendait à terre une mauvaise couverture qu'il avait emportée pour elle, et quand Nicette était couchée dessus, il la couvrait avec soin avec sa pauvre petite veste, ne pensant pas qu'il allait grelotter lui-même toute la nuit.

Le vieux Michel était attendri malgré lui en voyant cette tendre sollicitude, et il promit à André de s'intéresser à son sort. Enfin, après bien des jours, on arriva à Paris !

C'était à cette heure matinale où le Paris bourgeois dort encore; mais le Paris commerçant est éveillé avec le jour, allant et venant comme des milliers d'abeilles bourdonnent dans une ruche immense. Des voitures de légumes et de fruits revenant des halles se croisaient en tous sens; les marchands des quatre saisons traînaient péniblement leurs charrettes, pleines jusqu'aux bords; les laitiers déposaient çà et là leurs boîtes de métal, qui sonnaient sur le pavé. André et Nicette étaient effrayés.

Quelle différence avec leur tout petit village qui sentait le foin coupé ! avec les pauvres cabanes couvertes de chaume fleuri ! avec cet horizon rayé de beaux nuages et couronné de hautes montagnes !..... Nicette avait mis un petit doigt dans sa bouche, signe de grande réflexion, et son regard un peu triste s'arrêtait çà et là, tandis que sa main droite serrait fortement le bout de la veste de son frère.

André songeait à se tirer d'affaire ; Michel avait disparu dans un des mille carrefours, s'occupant à trouver une chambre pour caser ses dix-huit pensionnaires.

André, n'ayant point d'argent, savait bien qu'il ne trouverait pas de logis et qu'il ne pourrait pas avoir non plus de pain, et il réfléchissait au moyen de gagner quelque chose ; il avait remarqué que des hommes de peine portaient des malles et des paquets en suivant un monsieur jusqu'à sa demeure, il se disait : « J'en ferais bien autant, moi, mais que ferai-je de Nicette ? » Certes, il avait déjà compris que sa petite sœur serait pour lui un grand embarras ; cependant, il n'avait pas hésité à se charger d'elle ; ne pouvant la laisser seule au village, le brave petit homme ne pouvait l'abandonner. Il y a une providence pour les petits enfants ; Dieu veille sur eux et les protége.

Au moment où André était si cruellement indécis, une femme simplement mise, qui portait un grand panier de fleurs, s'arrêta devant les enfants pour les regarder.

Cette femme n'est pas riche, mais elle a bon cœur...

LA FEMME

Que faites-vous là, mes enfants ? Seriez-vous perdus, par hasard ?...

ANDRÉ

Non, madame, nous arrivons de loin ; nous sommes venus avec un homme de notre pays qui est allé chercher une maison pour loger mes camarades..., il nous a sans doute oubliés..., il a assez à s'occuper des autres ; aussi, je ne lui en veux pas, d'autant plus que je n'ai pas d'argent à lui donner pour sa peine !

LA FEMME

Ainsi, mes pauvres enfants, vous voilà comme perdus dans Paris, que vous ne connaissez point ! et vous n'avez pas d'argent pour vous loger et vous nourrir ! Vous n'aviez donc pas de parents ?

ANDRÉ

Nous sommes orphelins, madame. Mais voyez, je suis déjà grand, je veux chercher de l'ouvrage, faire n'importe quel travail pour soutenir ma petite sœur jusqu'à ce qu'elle puisse gagner aussi, elle.

Essayez voir si vous voulez, madame, j'ai de la bonne volonté, je ferai vos commissions ; si vous aviez besoin d'un domestique, peut-être que je pourrais faire tout ce qu'il vous plairait de me commander... surtout, à condition que vous acceptiez ma petite sœur aussi.

La femme est émue par ce langage sincère ; elle regarde un instant ce bon petit garçon et elle lit tant de droiture dans son regard, qu'elle se laisse convaincre ; elle lui prend la main, embrasse la charmante Nicette et les emmène ensuite tous deux chez elle.

Cette femme n'est pas riche, mais elle a bon cœur, et quand on a bon cœur on peut toujours alléger les autres. Elle est jardinière fleuriste ; elle habite un rez-de-chaussée égayé par de jolies plantes ; derrière la maison s'étend un long terrain dans lequel le jardinier, son mari, est occupé à planter de jeunes arbustes.

La bonne jardinière traverse à la hâte l'allée de son jardin (toujours avec ses deux protégés) ; il lui tarde de voir ce que son mari va lui dire ; aussi elle commence sur un ton de bonne humeur :

« Sais-tu, Louis, que j'ai fait ce matin de bonnes emplettes au marché ? J'ai eu des fleurs presque pour rien. » Le jardinier se retourne et aperçoit les enfants. « Oh ! répond-il de sa grosse voix un peu grondeuse :

— Qu'est-ce que c'est que ces deux moutards-là ?..... je suppose que ce n'est pas là cette bonne acquisition que tu as faite.

LA JARDINIÈRE

Justement !... qu'en dis-tu ?... Est-il gaillard, ce petit homme-là! et la petite fille, est-elle jolie et mignonne! Quel malheur que nous n'ayons pas deux enfants comme eux!...

LE JARDINIER

Ah! bah!... des enfants, ça coûte; il faut les nourrir, les habiller, les faire élever... nous n'avons déjà pas grand'chose pour nous deux.

LA JARDINIÈRE

Oui, nous ne sommes pas riches; mais j'ai souvent pensé que si nous avions ici un petit domestique pour t'aider au jardin, tu ferais plus d'ouvrage, tu vendrais davantage aussi, car tu passes bien du temps à travailler dans la terre; moi, je m'occupe du ménage, des commissions, je ne suis guère à ma boutique et je ne puis pas vendre grand'chose.

LE JARDINIER

C'est bon à dire, cela! En voilà une idée : payer un domestique pour m'aider au jardin! payer une domestique pour aider madame au ménage! mais as-tu donc tant d'argent que ça à dépenser en gages?... »

La jardinière éclate de rire; elle force son mari à regarder encore les pauvres enfants, qui écoutaient assez interdits toute cette conversation. Elle lui dit : « Mais tu ne comprends donc pas que je t'amène deux domestiques qui travailleront pour nous et nous aideront tant qu'ils pourront, et nous n'aurons pas de gages à leur donner; les premiers temps nous les nourrirons et nous les coucherons facilement dans la petite serre; plus tard, si ce bon petit homme travaille bien et te fait gagner quelque chose, nous lui donnerons cinq francs par mois, il sera content. »

Le jardinier veut d'abord se fâcher; mais sa femme a su si bien s'y prendre, et André ajoute de si bonnes paroles, que le brave homme finit par consentir. Il essaye d'abord la bonne volonté d'André; il lui montre à retourner la terre, à creuser des trous pour planter des fleurs; il l'occupe à emporter tous les pots, qu'il lui fait ranger en bon ordre dans la serre. Puis il lui fait balayer la boutique et aligner les fleurs sur les gradins de bois, soigneusement essuyés. La boutique a pris un tout autre air. Il y a de la symétrie et une heureuse harmonie dans le choix des plantes.

L'heure du repas arrive. La bonne ménagère apporte la soupière fumante et dit de sa douce voix de maman :

« Nicette est une petite fille très intelligente; c'est elle qui m'a épluché les légumes; elle a su soigner la marmite pendant que j'étais occupée à raccommoder. Elle m'enfilait mes aiguilles; elle a plié le linge de la lessive et frotté tous nos meubles avec soin. Elle a bien gagné son dîner.

LE JARDINIER

Et André donc! En voilà un petit homme qui fait vite l'ouvrage! Il m'a rangé toute ma boutique, avec un goût, vraiment, comme je n'avais jamais su faire!.... Il m'a aidé au jardin depuis ce matin, si bien que je n'ai plus rien à faire, et j'aurais eu de la besogne jusqu'au soir.

LA JARDINIÈRE

Aussi, je vais travailler ce soir pour Nicette; j'ai une robe qui est trop vieille et que je ne puis plus mettre; elle est si petite, la chère mignonne; je saurai bien lui faire une robe dans les meilleurs morceaux.

LE JARDINIER

Tu me voles là mon idée, car j'allais te prier de prendre ma veste et mon pantalon des dimanches, que je ne mets plus depuis que j'ai tellement engraissé que rien ne me va plus... Tu en feras bien quelque chose pour ce brave petit André, qui est si misérablement vêtu en ce moment, que ça me rendrait honteux de l'emmener aux halles avec moi. »

Voilà comment les braves jardiniers adoptèrent André et Nicette.

Les deux enfants furent reconnaissants.

André s'appliquait à rendre beaucoup de services à son protecteur, et Nicette, si petite qu'elle fût, était capable de se rendre utile dans la maison.

Les enfants pauvres savent quelquefois bien mieux que les petits enfants gâtés tout ce que la vie demande de petits soins et de peines chaque jour.

Ils grandirent à une bonne école, celle du travail et de la probité. Ils devinrent plus tard un bon jardinier et une bonne ménagère.

André sut témoigner sa reconnaissance au brave homme et à la bonne jardinière qui les avaient recueillis.

Nicette est une douce et charmante jeune fille; bien élevée, bien modeste, bonne ouvrière, elle attire l'attention sur elle, comme la violette, dont le parfum fait remarquer la présence. Enfants, la vie est rose et souriante pour vous. Mais souvenez-vous d'être toujours : vous, petits garçons, pleins de sollicitude pour vos petites sœurs, dont vous êtes les protecteurs naturels; et vous, petites filles, obéissantes et soumises comme la gentille petite Nicette.

PIERRE

Ma tante, je trouve cette histoire vraiment plus jolie que les autres. Je crois que je pourrais faire comme André... s'il le fallait.

MARIE

Tu n'es pas toujours complaisant pour moi!

JEANNE

Ni pour moi non plus.... Quelquefois tu nous cherches querelle à toutes les deux. Tu prétends que les petites filles ne savent rien comprendre. Albert est plus aimable, mais quand Pierre s'en mêle, tous deux ensemble nous font la guerre.

ALBERT

Voudrais-tu faire croire à ma tante que nous sommes méchants pour nos petites sœurs? Tu ne dis rien, Thérèse?...

THÉRÈSE

Je ne veux pas vous accuser.

LA MAMAN

Tu es plus charitable, Thérèse... mais serait-il vrai que Pierre et Albert ne soient pas toujours gracieux avec leurs sœurs?... Alors, ils ressembleraient à un monsieur Philippe qui baisse la tête en ce moment.

PHILIPPE

Je ne baisse pas la tête... parce que je sais que je ne suis pas méchant, et que ma petite sœur Gilberte ne pourrait pas se plaindre de moi...

Mais, vois-tu, petite mère, tout ce que tu nous as lu là... ce sont des contes... c'est toujours très joli dans les histoires..., mais cela n'arrive jamais...

LA MAMAN

Vraiment, monsieur?... croyez-vous cela, mes enfants?...

PIERRE

Je crois seulement qu'il faudrait être mis à l'épreuve pour voir...

ALBERT

Devenir très pauvres, et avoir nos sœurs à notre charge?...

MARIE

Oh! je ne demande pas à essayer...

THÉRÈSE ET JEANNE

Ni moi non plus...

LA MAMAN

Le meilleur, mes chers petits amis, c'est de savoir se plier à toutes les nécessités de votre existence. Chacun de vous a des devoirs à remplir : le travail, l'obéissance, la complaisance entre vous; on ne vous demande pas de durs sacrifices, et il n'est point nécessaire de vous mettre à l'épreuve pour savoir ce que vous feriez le cas échéant. Vous avez tous bon cœur, cela est suffisant. Soyez d'abord reconnaissants envers vos parents et vos maîtres de ce qu'ils font pour vous, et cherchez entre vous, lorsque vous jouez ou travaillez, à vous rendre des petits services et à vous témoigner une sincère amitié. Je sais bien que Philippe est un petit diable et souvent un petit orgueilleux, mais je sais aussi qu'il aime sa sœur, qu'il s'efforce de lui être agréable, et qu'il est très fier quand je le prie de veiller sur elle, n'est-ce pas, Gilberte?...

GILBERTE

Moi, j'aime tout le monde...

J'aime maman, papa, mon frère et mes cousins... J'aime les beaux jours d'été, les longues promenades, les soirées sous le berceau, quand nous sommes tous réunis pour causer. J'aime mon petit chat, qui dort dans mes bras et partage mon déjeuner avec moi.

J'aime mon cher petit oiseau, qui chante si bien.

J'aime surtout à me promener seule dans le jardin, regardant les fleurs de tout près, parce que je les trouve plus jolies alors... J'aime aussi à regarder les nuages, qui courent si vite, et les jolis papillons...

La maman prend dans ses bras sa douce petite Gilberte; elle l'embrasse et lui propose une belle promenade avec ses cousins.

Les enfants sont joyeux; Pierre demande qu'on se dirige du côté de la rivière, et tous vont mettre un chapeau pour s'abriter contre les rayons brûlants du soleil.

Tandis que les enfants suivent joyeusement la maman de Gilberte, les petites filles se sont réunies, elles se donnent la main et causent entre elles.

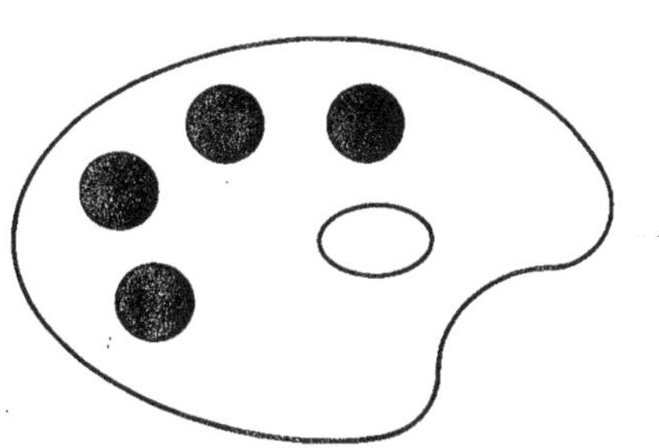

www.ingramcontent.com/pod-product-compliance
Ingram Content Group UK Ltd.
Pitfield, Milton Keynes, MK11 3LW, UK
UKHW021209220726
13924UKWH00003B/1415

9 782019 682460